A mis sobrinos Camila y Matías.
C. B.

ekaré EDICIONES

Edición: Verónica Uribe
Dirección de arte: Irene Savino
Diseño: Iván Larraguibel

Segunda edición en este formato, 2014

© 2004 Ediciones Ekaré

Todos los derechos reservados

Av. Luis Roche , Edif. Banco del Libro, Altamira Sur
Caracas 1060, Venezuela

C/ Sant Agustí 6, bajos. 08012 Barcelona, España

www.ekare.com

ISBN 978-84-936843-4-1 · Depósito Legal B.26512.2013

Impreso en China por South China Printing Co. Ltd.

El libro de oro de las fábulas

El libro de oro
de las fábulas

Selección y versiones: Verónica Uribe
Ilustraciones de Constanza Bravo

Ediciones Ekaré

Contenido

Ratón de Campo y Ratón de Ciudad

Hacía tiempo que Ratón de Ciudad no visitaba a su primo, Ratón de Campo, de manera que una mañana se preparó para el viaje y fue a verlo.

–¡Primo! ¡Qué sorpresa! –lo saludó Ratón de Campo muy contento cuando lo vio llegar.

Lo invitó a pasar al granero en donde vivía y, de inmediato, el elegante traje oscuro de Ratón de Ciudad se llenó de briznas de paja.

–¡Cuánto polvo y paja! –se quejó Ratón de Ciudad sacudiéndose.

–La paja es muy cómoda para dormir –dijo Ratón de Campo–. Y un poco de polvo y paja no hace daño. Pero, seguramente tienes hambre, vamos a comer.

Y lo invitó a sentarse a la mesa. Había allí semillas de girasol, unas cuantas migas de pan de centeno y dos cáscaras de nuez llenas de leche.

Ratón de Campo comió muy contento, pero Ratón de Ciudad se quejó:

–¡Qué comida tan elemental, primo! Deberías ver lo que se come en la ciudad.

–Sí, sí, algún día iré a la ciudad y probaré las comidas de allá.

Luego de cenar, se fueron a acostar. Ratón de Campo se durmió enseguida, pero Ratón de Ciudad escuchaba ruidos extraños, la cama de paja le picaba y no podía dormir. Sacudió a su primo y le preguntó:

–¿Qué ruido es ese tan extraño?

–Ahh –contestó Ratón de Campo bostezando–, es el canto de los grillos. Especial para dormir, ¿no te parece?

–¡Qué incomodidad! –se lamentó Ratón de Ciudad y casi no durmió en toda la noche.

Al día siguiente, muy temprano, Ratón de Ciudad le dijo a Ratón de Campo:

–Primo, he decidido que hoy mismo iremos a mi casa. Allá verás qué exquisiteces se comen y cómo se duerme bien en cama de pluma.

Muy contento, Ratón de Campo aceptó:

–Tienes razón, primo, ya es tiempo de que conozca la ciudad.

Y se fueron.

Llegaron a la ciudad a la hora de mayor movimiento. El ruido de los coches y de la gente caminando a toda prisa, mareó a Ratón de Campo.

–¡Qué ruido ensordecedor! –se quejó, pero Ratón de Ciudad no lo escuchaba. Iba muy emocionado correteando y comiendo desperdicios que las personas dejaban caer.

–Vamos pronto a tu casa, por favor. Creo que no me siento bien –pidió Ratón de Campo.

Por fin llegaron a la elegante residencia de Ratón de Ciudad y, justamente, las personas que allí vivían estaban celebrando una fiesta.

–Estamos de suerte, primo –dijo entusiasmado Ratón de Ciudad–. Comeremos exquisiteces, tal como te anuncié.

Se escondieron en la ratonera de Ratón de Ciudad a esperar a que se fueran los invitados. Había allí un cojín de plumas forrado de seda, tan suave que

Ratón de Campo se deslizaba al suelo cada vez que se encaramaba.

«Muy suave, pero muy incómodo», pensaba.

Por fin, muy tarde, cuando ya Ratón de Campo estaba casi dormido, Ratón de Ciudad le dijo:

—¡Ya está! Vamos a nuestro banquete.

Saltaron a la mesa y comenzaron a roer queso de Holanda, jamón de Italia, pan de harina blanca, torta de almendras y pastel de manzana. Apenas habían probado las exquisitas comidas, cuando, *¡tamm!*, casi sin ruido saltó el gato siamés a la mesa. Ratón de Ciudad gritó:

—¡Peligro!

Y corrió de regreso a su ratonera.

Pero Ratón de Campo fue algo más lento y la garra del gato alcanzó a arañarle la cola justo cuando entraba a la ratonera.

—¡Qué susto! ¡Y cómo me duele mi cola!

Al día siguiente, se despidió de Ratón de Ciudad.

—Primo, gracias por la invitación. Ciertamente la

ciudad es emocionante y hay comidas exquisitas, pero ¡qué trabajo para apenas probarlas! Prefiero mis semillas, mi cama de paja y mis grillos. Adiós, primo.

A cada cual, lo suyo le parece mejor.

La gallina de los huevos de oro

Un matrimonio de campesinos compró un día una gallina en el mercado. A la mañana siguiente, muy temprano, se levantó la mujer para ver si la gallina había puesto un huevo. ¡Y qué sorpresa! La gallina sí, había puesto un huevo, pero no era un huevo como los demás: ¡Era de oro!

Y lo mismo comenzó a suceder cada dos o tres días. Los campesinos estaban asombrados y muy felices. Se compraron buena ropa, muchos animales, acomodaron su casa y ya no tenían que trabajar duramente como antes.

Pero una mañana, el campesino se puso a pensar que dos o tres días era demasiado esperar para tener un solo huevo de oro. Quería tener más huevos de oro inmediatamente. Y le dijo a su mujer:

–¡Qué fastidio tener que esperar tanto para que esta gallina nos dé apenas un huevo de oro! ¿No te parece mejor matarla, abrirle la panza y quitarle todos los huevos de una buena vez?

A la mujer le pareció bien. El hombre tomó un cuchillo, abrió la gallina y vio que adentro era exactamente igual a cualquier gallina y no había ni un solo huevo de oro.

Por ambicionar tener más y más, destruimos la fuente del bien.
Por eso decimos: «No hay que matar a la gallina de los huevos de oro».

El perro y el pedazo de carne

Un día, un perro que se creía muy listo robó de una carnicería un gran pedazo de carne. Corrió lejos para poder comérselo con tranquilidad. Iba cruzando un puente sobre un profundo y tranquilo río, cuando miró hacia abajo. Vio entonces reflejada su imagen en el agua. Y pensó: «Ese perro que está allá abajo también tiene un trozo de carne. Y su trozo parece ser más grande que el mío. Además ese perro tiene cara de bobo. Lo voy a asustar y me quedaré con los dos trozos de carne. ¡Qué listo soy!».

Pero, al abrir el hocico para ladrar, el pedazo de carne cayó al río, se hundió en el agua y desapareció.

Por pasarse de listos, los listos actúan como bobos.

El león y el mosquito

Amaneció un día el mosquito sintiéndose muy valiente e invencible y con deseos de que todo el mundo se enterara. De modo que se fue volando a la casa del león y por el camino iba anunciando a grandes voces:

—¡Soy invencible! Nadie puede conmigo, ni siquiera el león.

Los animales escucharon sorprendidos los gritos del mosquito y lo siguieron para ver qué sucedía. Al llegar a la casa del león, el mosquito le dijo:

—León, yo puedo vencerte en el combate. Puedo, puedo.

—Mosquito, me parece que eres demasiado pequeño para enfrentarte conmigo —le contestó el león sin hacerle demasiado caso.

—Soy pequeño, pero valiente e invencible —dijo el mosquito haciendo sonar su trompetilla—. Vamos a pelear.

–Si así lo deseas... –dijo el león, y lanzó un rugido y un manotazo.

Pero el mosquito esquivó el manotazo, voló directo a la nariz del león y comenzó a picarle allí en donde el león es más sensible.

El león, desesperado, se daba manotazos y se desgarraba la piel, pero no lograba cazar al mosquito, que era más rápido que él. Por fin, desesperado, el león dijo:

–Basta ya, mosquito. Me rindo. Has ganado la pelea.

Los animales aplaudieron y el mosquito estaba feliz:

–¡Soy invencible! ¡Soy valiente! ¡Soy el mejor!

–Eres valiente, no hay duda –dijo el león–. Pero invencible... eso es otra cosa.

El mosquito ni siquiera lo oyó y se fue volando y tocando su trompetilla.

Entonces, sin darse cuenta, se enredó en la tela que una araña había tejido entre dos ramas. La araña dio un salto y se lo comió.

Con astucia y valentía, los pequeños pueden derrotar
a los poderosos, pero no son invencibles.

La zorra y la cigüeña

La zorra siempre había dicho que la cigüeña era boba y un día decidió hacerle una broma. La invitó a cenar a su casa, preparó una rica comida y la dispuso sobre una mesa bien adornada. Llegó la cigüeña y sintió muy buenos aromas que le abrieron el apetito. Pero...

Cuando se sentaron a la mesa, se dio cuenta de que la zorra había puesto todas las viandas en platos grandes y muy llanos y nada podía comer ella con su pico fino y largo.

Sin embargo, nada dijo.

La cigüeña le agradeció a la zorra su cena y se fue. La zorra se quedó en su casa, muerta de la risa.

A los pocos días, se encontraron cerca del estanque y la cigüeña invitó a la zorra a cenar. La zorra aceptó inmediatamente. Y se fue a su casa riendo mientras pensaba: «Esta cigüeña tan boba; me está agradeciendo la invitación que le hice».

La cigüeña se esmeró en preparar una comida exquisita. La zorra llegó puntual y se le hacía agua la boca al sentir los tentadores olores que venían del comedor. Pero...

Cuando se sentaron a la mesa, la zorra se dio cuenta de que todo estaba servido en frascos de largo y fino cuello en donde solo cabía el pico de una cigüeña, jamás el hocico de una zorra.

La cigüeña comió con apetito y, cuando estuvo satisfecha, dijo:

–¿Ves, zorra? Una comida tan sabrosa como la que tú me preparaste.

No hagas a los demás lo que no quieras que te hagan a ti.

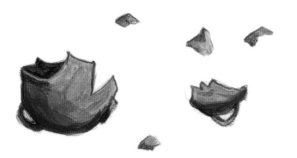

La lechera

Iba una muchacha muy contenta con un cántaro de leche para vender en el mercado. Y, mientras caminaba, sacaba cuentas y soñaba: «Con el dinero de la leche me compraré una cesta de huevos. Los pondré a empollar y sacaré cuatro docenas de pollos. Los pollos crecerán y pronto los venderé. Con ese dinero me compraré un cerdito. Le daré de comer muy bien, se pondrá gordo y rosado. Lo venderé y me compraré... ¡una ternera! Venderé la ternera y me compraré un vestido precioso con el que iré a pasear al pueblo y todos los muchachos me mirarán. Y yo moveré la cabeza muy orgullosa. Así».

Y la lechera movió la cabeza, así, y el cántaro de leche saltó y se rompió.

–Adiós, leche; adiós, huevos; adiós, pollos; adiós, cerdo y... adiós, ternera –pensó, muy triste, la lechera.

No cuentes los pollos antes de que hayan nacido.

El pastor de ovejas y el lobo

Había una vez un muchacho pastor de ovejas al que se le ocurrió un día gritar con todas sus fuerzas:

–¡Ay! ¡Que viene el lobo, que viene el lobo!

Los campesinos que trabajaban por allí cerca lo oyeron y fueron corriendo con palos y estacas para ayudarlo. Pero no había ningún lobo.

El muchacho les explicó que el lobo se había ido al sentirlos llegar. No muy convencidos, los campesinos volvieron a su trabajo.

El muchacho quedó muy entusiasmado con el revuelo que se había formado con sus gritos, y, a los pocos días, no pudiendo contenerse, volvió a gritar:

–¡Viene el lobo! ¡Viene el lobo!

Una vez más, los campesinos corrieron monte arriba para ayudarlo, pero, como la primera vez, no había ningún lobo. Los campesinos le regañaron y bajaron muy malhumorados.

Dos días después, apareció el lobo. En verdad, apareció el lobo. El muchacho estaba aterrado y gritó con desesperación:

–¡El lobo! ¡El lobo! ¡Socorro!

Pero los campesinos, pensando que los engañaba nuevamente, siguieron trabajando sin hacerle caso.

Y el lobo mató a tres ovejas del rebaño.

Al que miente con frecuencia no se le cree
aunque diga la verdad.

El león y el ratón

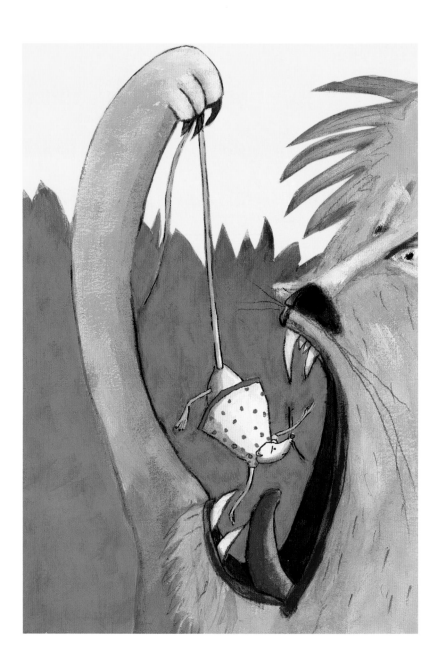

Un día, iba un ratón caminando muy distraído cuando, sin darse cuenta, se encaramó por el lomo de un león que estaba echado, durmiendo la siesta.

El león sintió cosquillas en el lomo y se rascó.

—¿Qué es esto? —dijo sorprendido cuando tocó al ratón. Lo atrapó en su inmensa garra y se lo acercó a la cara—. Vaya, vaya... —gruñó y abrió sus enormes fauces para comérselo.

El ratón temblaba. Pero antes de que el león terminara de echárselo a la boca, el ratón sacó la voz y dijo:

—Señor león, señor león, perdóname la vida que algún día yo podré salvar la tuya.

El león encontró muy graciosas las palabras del ratón y se rió con ganas.

—¡Qué ocurrencia: pretender que algún día podrías salvarme la vida a mí, el rey de los animales! —dijo el león—. Me has divertido, ratoncillo. Te dejaré ir.

Y riéndose todavía, soltó al ratón, que se escapó corriendo.

Pasaron los meses y el ratón se mantuvo apartado de los territorios del león. Pero un día, a lo lejos, sintió unos aullidos. Fue siguiendo el sonido lastimero y encontró al león atrapado en una red que los hombres habían echado para cazarlo.

–Señor león –dijo el ratón–, hace ya un tiempo prometí salvarle la vida. Hoy lo haré.

Y se puso a roer las cuerdas que ataban al león hasta que logró soltarlo.

El león, agradecido, le dijo:

–Vaya, nunca pensé que alguien tan insignificante como tú pudiera alguna vez ayudarme como lo has hecho y, menos aún, salvarme la vida.

Los pequeños amigos pueden ser grandes amigos.

El hombre, su hijo y el burro

Iba un hombre de viaje con su hijo y su burro. El niño iba montado en el burro y el padre caminaba a su lado.

Pasaron por un pueblo. La gente los miraba y decía:

—Pero ¿han visto? El hijo, que es joven y fuerte, va montado en el burro y su padre, ya viejo, debe caminar.

Al escuchar esto el hombre, bajó a su hijo, se montó él en el burro y siguieron camino.

Pasaron por otro pueblo. La gente los miraba y decía:

—¡No puede ser! El hombre va montado en el burro como si fuera un rey y deja que su hijo pequeño corra y se canse a su lado.

Al escuchar esto, el hombre se bajó del burro y siguieron caminando ambos a pie y llevando al burro de las riendas.

Pasaron por otro pueblo. La gente los miraba y decía:

—¡Qué necios! Tienen un burro y van a pie.

Al escuchar esto, el hombre se montó en el burro junto con su hijo.

Pasaron por otro pueblo. La gente los miraba y decía con indignación:

–¡Qué abuso! ¡Pobre animal, que debe cargar con el peso de dos personas!

Al escuchar esto, el hombre desmontó del burro y bajó también a su hijo. Buscaron unas cuerdas y una gruesa vara. Amarraron las patas del burro, lo colgaron de la vara y siguieron caminando cargando con el burro.

Pasaron por otro pueblo y la gente se reía:

–¿Han visto? ¡Qué locura! Un hombre y un niño cargando a un burro.

Entonces, el hombre, muy fastidiado, bajó el burro al suelo, le desató las patas y montó a su hijo.

–Así salí de mi casa y así sigo viaje.

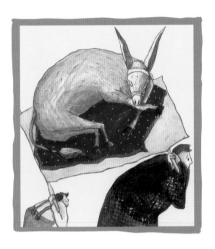

Es imposible complacer a todo el mundo.

La tortuga y la liebre

Un día, la liebre se encontró con la tortuga.

–Pero qué lenta eres, tortuga –le dijo la liebre–. En cambio, mírame a mí.

Corrió la liebre hasta el final del campo y regresó en un segundo.

–Sí, eres muy rápida –aceptó la tortuga.

–Y mira esas patas que tienes, completamente torcidas –dijo la liebre–. Así no puedes correr.

–No, no corro. Voy poco a poco –dijo la tortuga–. Pero me gustaría hacer una carrera contigo.

–¿Una carrera? –se rió la liebre–. ¿Una carrera entre tú y yo?

–Sí, una carrera entre las dos.

A la liebre le pareció la cosa más divertida del mundo y aceptó.

Nombraron como juez a la lechuza y fijaron el día y la hora de la carrera. Como era una competencia tan singular, vinieron a verla todos los animales del monte. La lechuza marcó la ruta y dio la señal de partida. La liebre partió veloz y, cuando ya iba por la mitad, miró hacia atrás y vio que la tortuga no había avanzado sino unos metros. Entonces pensó: «Mientras llega la tortuga hasta aquí, tengo tiempo de darme un banquete con las zanahorias de este campo». Y entró a un campo sembrado que había por allí y comió muchas muchas zanahorias. Volvió a la ruta y miró hacia atrás. La tortuga había avanzado varios metros más, pero aún estaba lejos.

–Nada –dijo la liebre–, tengo tiempo de descansar.

Y se acostó a la sombra de un árbol. Hacía calor y había comido mucho, de manera que le dio sueño y se durmió.

La tortuga iba poco a poco, sin detenerse. Poco a poco pasó frente a la liebre dormida y siguió, lentamente pero sin parar, hacia la meta. Hacía mucho calor y tenía sed, pero no se detuvo.

Mientras tanto, la liebre despertó. Miró hacia atrás y no vio a la tortuga.

–No puede ser –dijo–. ¿Dónde se ha metido?

Y entonces miró hacia la meta y se dio cuenta de que la tortuga estaba a punto de llegar. Corrió y corrió, a toda velocidad. Pero... la tortuga cruzó la meta antes de que la liebre la alcanzara.

La lechuza dictaminó que la ganadora era la tortuga y los animales del bosque quedaron sorprendidos por el resultado de la carrera.

Poco a poco se llega muy lejos.
Y los italianos dicen: «Chi va piano, va lontano».

El león viejo y las zorras desconfiadas

Un león que estaba ya viejo y cansado de cazar, fingió estar enfermo y pidió a los animales de la selva que fueran a visitarlo a su cueva. Y, aprovechándose de los más incautos, en cuanto entraban los mataba y se los comía.

Sabiendo de la enfermedad del león, las zorras fueron a verlo y desde la puerta de la cueva lo saludaron.

–¿Te sientes mejor, león? –le preguntaron.

–Algo mejor –contestó el león–. Pero, acérquense, no se queden a pleno sol.

–Preferimos estar aquí –dijeron las zorras.

–Y eso, ¿por qué? –preguntó el león.

–Porque vemos pisadas entrando a la cueva, pero ninguna saliendo.

Cuídate de entrar a casa de tu enemigo.

El burro que cargaba sal

Un hombre iba con su burro cargado de sal camino del mercado. Y, andando, llegó a un punto del camino en que había que atravesar un río. Se metió al agua con el animal, pero había mucha corriente y al burro le costaba avanzar. Cuando iban por la mitad, el hombre se dio cuenta de que el río era más profundo de lo que imaginaba. El burro apenas podía sostenerse y la carga se estaba mojando. Pero, después de un momento en que parecía que el animal ya iba a ahogarse, se enderezó y terminó de cruzar como si no llevara peso.

El burro se puso muy contento al sentirse tan liviano y no escuchaba los lamentos del hombre quejándose de haber perdido más de la mitad de la carga de sal que se había disuelto en el agua.

Poco más allá se encontraron con otro hombre que iba en sentido contrario con un burro cargado de esponjas.

–Cuidado al cruzar el río –advirtió el hombre al otro hombre.

Pero el burro le dijo al otro burro:

–No te importe cruzar por lo más profundo, porque en cuanto el agua llegue a las alforjas, el peso desaparecerá como por arte de magia.

Al burro le pareció muy bueno el consejo y en cuanto llegaron al río, sin hacer caso de su amo, se lanzó a cruzar por donde primero vio. Pero... nada de magia. En cuanto el agua tocó las esponjas, estas se llenaron de agua, se hicieron pesadísimas y al burro lo arrastró la corriente.

Consejos de burro no son de confiar.

El avaro

Un hombre muy rico y muy avaro, cansado de que la gente se acercara a pedirle dinero y favores, decidió vender todo lo que tenía y convertirlo en oro. Puso todo el oro en un cofre, buscó un lugar secreto al lado del tronco de un gran árbol y lo enterró.

Todos los días iba a visitar su tesoro. Se sentaba a la sombra del árbol y se sentía feliz pensando en todas las monedas de oro y las joyas que tenía enterradas y bien guardadas.

Un día, lo siguió un hombre y escuchó cómo el avaro, hablando solo, alababa el tesoro que tenía escondido y daba palmaditas en la tierra de pura felicidad como señalando el lugar en donde estaba enterrada su fortuna.

Cuando el avaro se fue, el hombre desenterró el tesoro y se lo llevó.

Al día siguiente, el avaro no encontró sino un hoyo bajo el árbol. Estaba desesperado, lloraba y se halaba los cabellos, gritaba y se daba golpes.

Entonces, un amigo que lo vio en ese estado, le dijo:
—Búscate una piedra y la entierras allí mismo. Imagínate que es tu tesoro y la vienes a visitar todos los días. Te servirá tanto como el oro que tenías guardado y no usabas nunca.

¿De qué sirve poseer una cosa si no se la disfruta?

El gato y el cascabel

Estaban muy preocupadas las ratas desde que el granjero había comprado un gato. Ya no podían andar correteando por allí alegremente, tomar el sol, comer con tranquilidad. Decidieron reunirse para discutir el problema porque la vida se había vuelto muy peligrosa.

—¿Qué podemos hacer? —se preguntaban.

A nadie se le ocurría nada hasta que una pequeña rata dijo:

—El gato es muy silencioso, ¿no?

—Así es, así es —dijeron las ratas.

—No podemos oírlo cuando se acerca —dijo la pequeña rata.

—Es cierto, es cierto —dijeron todas las ratas.

—Bueno —continuó la pequeña rata—, podríamos ponerle un cascabel.

—¿Un cascabel? —preguntaron asombradas las ratas.

—Sí, un cascabel. Así, en cuanto venga, escucharemos

tilín, tilín, tilín, y todas tendremos tiempo de escapar.

—¡Qué maravillosa idea! —dijo una rata.

—¡Brillante! —dijo otra.

—Esa es la solución. Estamos salvadas —dijeron todas.

—Un momento, un momento —dijo la rata más vieja.

¿Quién le pondrá el cascabel al gato?

Es fácil imaginar soluciones;
el problema es poder llevarlas a la práctica.
Por eso decimos: «¿quién le pondrá el cascabel al gato?»
cuando alguien propone una solución difícil de llevar a cabo.

La zorra y las uvas

Un día, estaba la zorra paseándose por el campo cuando vio una parra con un hermoso racimo de uvas. Colgaba en medio de las hojas y los granos se veían rosados y suaves como el terciopelo.

–¡Qué uvas tan grandes! Deben de estar dulces y frescas –dijo la zorra relamiéndose.

Como el racimo estaba alto, intentó alcanzarlo levantándose sobre sus patas traseras. Pero, no. Estaba aún más alto. Entonces dio un pequeño salto. Nada. Saltó tres, cuatro veces, cada vez con más energía. Pero, no, no pudo alcanzarlo.

Entonces, dándose la vuelta para seguir su camino, dijo, con mucha rabia:

–Para qué quiero yo esas uvas tan verdes.

No es fácil aceptar las derrotas.
Por eso decimos: «están verdes las uvas» cuando alguien habla mal de algo que no puede alcanzar.

El junco y la encina

Una encina muy frondosa crecía al lado de una laguna. Y había allí cerca, en la orilla del agua, un delgado y verde junco. Los dos conversaban de vez en cuando, pero más hablaba la encina:

—¿Has visto, junco, qué gruesas crecen mis ramas? Y mis hojas ¡qué verdes y tupidas!

—Sí —contestaba el junco—, tienes un hermoso follaje, encina.

Y la encina se mecía con la brisa haciendo sonar sus hojas. Se sentía muy bien.

—Y este año he crecido mucho. Con las lluvias y el sol me he puesto grande y fuerte.

—Cierto —contestaba el junco.

—Pueden venir nubes tormentosas y vientos huracanados. No tengo miedo, porque soy fuerte; puedo enfrentar los vientos y resistir. En cambio, tú, pobrecito, tan pequeño y delgadito, ¿qué será de ti en una tormenta?

—Pues, no lo sé —dijo el junco—. Aún no me ha tocado ver una.

Y sucedió que esa misma noche se desató una terrible tempestad de lluvia y vientos. La encina enfrentaba el huracán con su grueso tronco y sus fuertes ramas. Resistía la fuerza del aire sin doblarse. Pero llegó en medio de la tormenta un golpe de viento tan violento que tumbó a la encina y arrancó de la tierra sus raíces.

En cambio, el junco no oponía resistencia: se doblaba con el viento hasta casi tocar el agua, una y otra vez, una y otra vez, mientras duró la tormenta.

A la mañana siguiente, la encina estaba muerta en tierra y el junco se mecía suavemente con la brisa.

A las fuerzas poderosas no se les puede resistir de frente.

El ciervo y sus hermosos cuernos

Estaba el ciervo bebiendo en la fuente y, al verse reflejado en el agua, pensó: «Qué hermosos son mis cuernos. Mi cabeza se ve muy elegante adornada con estos espléndidos cuernos. En cambio, mis patas... ¡qué lastima! Tan flacas y huesudas».

En eso estaba, cuando escuchó ladrar a los perros de los cazadores. De un salto, se alejó de la fuente y corrió al bosque. Sus patas se movían veloces y seguras, pero al pasar bajo un árbol los cuernos se le enredaron en las ramas. El ciervo intentó sacarlos, pero con cada sacudida parecían enredarse más. Y los perros se acercaban. Desesperado, el ciervo dio un tirón muy fuerte y pudo soltarse. Siguió corriendo y finalmente logró escapar.

Entonces, ya tranquilo en medio del bosque, pensó: «Los cuernos, que tanto me gustaban, casi me matan y las patas, que yo detestaba, me han salvado».

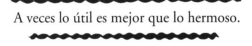

A veces lo útil es mejor que lo hermoso.

La zorra y el cuervo

Una mañana, un cuervo había conseguido un gran trozo de queso y estaba posado en un árbol a punto de comérselo. Pasó la zorra por ahí y, al ver el queso, comenzó a hablarle al cuervo.

—Cuervo, cuervo, ¡qué bello eres! Esas plumas negras ¡cómo brillan!

El cuervo estaba sorprendido por estas exclamaciones de la zorra, pero abrió las alas, se miró sus negras plumas y, sí, las encontró brillantes y bonitas.

—Cuervo, cuervo —continuó la zorra—, y tu vuelo majestuoso ¡cómo me emociona!

El cuervo, complacido, levantó vuelo, dio dos o tres vueltas sobre la zorra que lo contemplaba, y volvió a posarse en su rama.

«La verdad es que mi vuelo es muy elegante», pensó. «La zorra tiene razón».

—Cuervo, cuervo —volvió a decir la zorra—, si tienes ese bellísimo y negro plumaje, si vuelas como un rey de los cielos, ¿cómo será de hermoso tu canto?

El cuervo pensó que de verdad su canto era muy especial.

–Cuervo, cuervo, ¿cantarías para mí? –suplicó la zorra.

Y el cuervo, sintiéndose muy halagado, decidió cantar para la zorra. Abrió el pico, se cayó el queso, la zorra lo atrapó en el aire y se lo comió.

No hay que confiar en los aduladores.

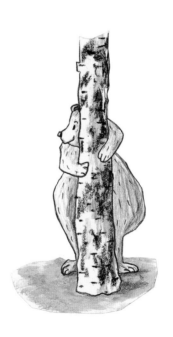

Los dos amigos y el oso

Dos jóvenes amigos iban cruzando un bosque espeso, cuando, de pronto, escucharon los pasos de un animal que se aproximaba.

–¡Un oso! –susurraron asustados.

Uno de los jóvenes era muy ágil. Trepó velozmente a un árbol y se escondió entre el follaje. El otro era más torpe. Intentó subir, pero no pudo.

–Ayúdame –pidió a su amigo.

Pero el joven ágil, ocupado en esconderse, ni siquiera le contestó.

Entonces, como el oso ya estaba cerca, el joven torpe se echó en el suelo y se hizo el muerto, porque sabía que los osos no comen animales muertos. Y allí se quedó quieto, quieto, aunque estaba muy asustado. Apareció el oso y comenzó a olisquearlo por las piernas, la espalda, el cuello, las orejas. El muchacho sentía el aliento del animal y le rozaban sus pelos, pero aguantaba la respiración para engañar al oso.

Finalmente, el oso se alejó.

Bajó el amigo de su escondite y le dijo:

—El oso parecía hablarte. ¿Qué era lo que te susurraba al oído?

—Me dio un consejo.

Lleno de curiosidad, el joven ágil le preguntó:

—Pero, ¿qué consejo era ese?

—Me dijo que no viajara con amigos que me abandonan cuando hay peligro.

Los amigos verdaderos se conocen en las horas de peligro.

El viento norte y el sol

El viento norte presumía de ser muy fuerte y así se lo dijo al sol:

—Puedo derribar árboles, destruir casas y hacerlas volar por los aires como si fueran briznas de paja. Nadie soporta mi fuerza. Cuando soplo con violencia, todos se doblegan.

—Hay muchas maneras de ser fuerte —respondió el sol.

En eso, vieron que venía un hombre por el camino y el sol dijo:

—Hagamos una prueba sencilla. Aquel que logre quitarle la capa al hombre será el más fuerte.

—Está bien —dijo el viento norte—. Será fácil para mí.

—Tú comienzas —dijo el sol.

El sol se escondió tras una nube y el viento norte comenzó a soplar. Se revolvió alrededor del viajero y el hombre se estremeció mientras los bordes de su capa se levantaban en el aire. El viento sopló con fuerza, la capa revoloteó y en un momento pareció que iba a desprenderse. Pero el hombre la ajustó a su cuerpo, se envolvió en la capa y caminó agachado enfrentando la fuerza del viento. Mientras más soplaba el viento norte, más fuertemente el hombre ajustaba la capa.

El viento norte se cansó y le dijo al sol.

–Veamos qué puedes hacer tú.

–Veamos –dijo el sol, y comenzó a brillar.

El hombre se enderezó y soltó la capa. El sol continuó brillando y calentando el camino. El hombre sintió los cálidos rayos que le entibiaban el cuerpo. Pronto, se quitó la capa porque hacía demasiado calor.

El viento norte se fue resoplando, derrotado, y el sol siguió brillando.

La persuasión es mejor que la violencia.

Acerca de Esopo y las fábulas

FEO E INÚTIL; FLACO Y BARRIGÓN

El esclavo Esopo era feo e inútil para el trabajo: flaco y barrigón, de brazos cortos y cabezón, con los pies torcidos, bizco y raquítico. Para colmo de males, era mudo. Pero la diosa Isis lo curó de su mal y, así, Esopo pudo demostrar su ingenio, ganar su libertad y llegar a ser consejero de reyes.

Esta es, aproximadamente, la descripción que se hace de este personaje en la *Vida de Esopo*, uno de los primeros textos anónimos de tono picaresco que se escribieron y que, se supone, relata la vida del famoso fabulista griego. De acuerdo a los manuscritos que han llegado hasta nuestros días, la *Vida de Esopo* fue escrita aproximadamente en el siglo i a. C.

Pero no se puede asegurar que Esopo haya sido realmente como se lo describe y algunos incluso dudan de su existencia.

Los especialistas sostienen que Esopo puede ser una figura real o literaria, pero hay algunos hechos de la vida de este personaje en los que muchos concuerdan: nació como esclavo en Frigia, una región del Asia Menor, y vivió en la segunda mitad del siglo VI a. C. Obtuvo su libertad gracias a sus conocimientos e ingenio y llegó a ser consejero del rey Creso en Lidia. En su corte conoció a Tales, Solón y otros filósofos. Viajó a Babilonia, Egipto y a varias ciudades de la península griega. En Delfos, adonde llegó como embajador de Creso, fue acusado falsamente de robar una copa del templo y condenado a muerte. La leyenda cuenta que Zeus, furioso con las habitantes de Delfos por haber ajusticiado a Esopo, les envió plagas y calamidades hasta que, arrepentidos, los delfios construyeron una estatua en su honor.

LOS FABULISTAS

Las primeras fábulas de las que se tiene noticia proceden de Mesopotamia. Desde allí viajaron hacia oriente y occidente. En Grecia, Hesíodo, Esquilo y Arquíloco cultivaron este género literario y, en la India, el *Panchatantra* recoge la tradición fabulística. Esopo no fue el primer fabulista, pero sí el más popular y el que dio a este género su forma clásica: un relato breve, despojado de adornos, del que se desprende una enseñanza. Sus fábulas, que fueron transmitidas oralmente, se usaron en la Grecia antigua en ejercicios de retórica y gramática.

Los filósofos hacían que sus estudiantes las aprendieran, las declamaran y también los instaban a que inventaran nuevas versiones. Platón cuenta que Sócrates en prisión se entretenía versificando las fábulas de Esopo.

Fueron puestas por escrito hacia el año 300 a. C. por Demetrio de Falero, en griego y en prosa. Luego, en el siglo I, Fedro las escribió en latín en versos yámbicos. Aftonio, un retórico de Antioquía, las escribió en prosa en el año 315. Mucho tiempo después, en el siglo XIV, un monje de Constantinopla, Máximo Planudes, reunió una colección de ciento cincuenta fábulas que atribuyó a Esopo y acompañó el texto de estas historias con la *Vida de Esopo*, el texto picaresco que ya se ha mencionado.

Luego de la invención de la imprenta, este manuscrito de Planudes fue uno de los primeros libros publicados por Bonus Accursio en el año 1475. La primera edición en castellano la imprimió Johan Hurus en Zaragoza en 1489 con el título de *Esta es la vida del Ysopet con sus fábulas historyadas*. Desde entonces hasta nuestra época las fábulas esópicas en sus distintas versiones han sido traducidas a todas las lenguas y continúan reimprimiéndose constantemente, circulando y formando parte de la cultura cotidiana de muchos pueblos.

A lo largo de los siglos, numerosos autores han cultivado este género y casi todos se han inspirado en las fábulas de Esopo para hacer sus propias versiones –o inventar nuevas–, como es el caso de Babrio, Fedro, Planudes, María de Francia, el Arcipreste de Hita, Don Juan Manuel, Jean de la Fontaine, Tomás de Iriarte, Félix María Samaniego y muchos otros hasta nuestros días.

RELATOS MORALES

La fábula se caracteriza por ser un relato breve, generalmente protagonizado por animales, y que lleva implícita una enseñanza. Se desarrolla, casi siempre, en una sola acción y la narración es austera, libre de detalles y descripciones.

Además de animales, la fábula puede tener como protagonistas a hombres, dioses o elementos de la naturaleza como árboles, el sol o el viento. Sin embargo, las más populares y las más numerosas son las fábulas de animales.

Las fábulas de Esopo no llevaban moraleja, ya que se suponía que la enseñanza fluía de forma natural del relato, pero otros consideraron necesario hacer explícito el sentido moral de la historia, agregando un verso o una frase admonitoria, al final o al comienzo del relato.

Tal vez por tratarse de relatos morales han sido tan

populares a lo largo de los siglos y muy utilizados en la educación de los niños. Sin embargo, ha habido detractores de este género, como es el caso de Rousseau, que sostiene que «los niños no entienden las fábulas» y que «la moral de las fábulas corrompe a la juventud al mostrar que los más fuertes y astutos son los que vencen en la vida».

LAS FÁBULAS DE ESTE LIBRO

Las veinte fábulas de este libro han sido seleccionadas por su encanto como relatos, por tratarse de historias entretenidas y populares que muchos conocen en alguna versión y porque las enseñanzas que de ellas se derivan han pasado a constituir parte de la cultura de muchos pueblos transformadas en dichos, como, por ejemplo: «¿quién le pone el cascabel al gato?», «no mates a la gallina de los huevos de oro» o bien, *«chi va piano va lontano»*.

Revisando la edición de Pedro Bádenas de la Peña, *Fábulas de Esopo. Vida de Esopo. Fábulas de Babrio,* publicada por Gredos en 1957, se verificó que de las veinte fábulas de este libro, quince pueden atribuirse originalmente a Esopo, aunque otros fabulistas hayan escrito sus propias versiones. De las cinco restantes, «Ratón de Campo y Ratón de Ciudad» aparece en la colección de fábulas de Babrio de la edición ya mencionada con el nombre de «El ratón campesino y el ciudadano»; «La zorra y la cigüeña» se encuentra entre las fábulas de Fedro; «La lechera», que es una de las fábulas de Félix María Samaniego, tiene su antecedente en uno de los ejemplos de Don Juan Manuel titulado «Lo que sucedió a una mujer llamada doña Truhana», solo que no es un jarro de leche el que la mujer lleva sobre su cabeza, sino un jarro de miel; «El gato y el cascabel» y «El hombre, su hijo y el burro» están entre las fábulas de Jean de La Fontaine.

Ya que por tradición quien copia una fábula puede fabricar su propia versión, así se ha hecho en este pequeño *Libro de oro de las fábulas*.

V. U.